『씨앗바구니』, 『거북선 찾기』, 『지하철을 탄 고래』 중에서
그림 **최영란**

2015 오늘의

좋은 동시

김용희 · 최명란 · 맹문재 엮음

푸른사상
PRUNSASANG

2015 오늘의 좋은 동시

인쇄 · 2015년 4월 1일 | 발행 · 2015년 4월 10일

엮은이 · 김용희, 최명란, 맹문재
펴낸이 · 한봉숙
펴낸곳 · 푸른사상
주간 · 맹문재 | 편집 · 지순이, 김선도 | 교정 · 김수란

등록 · 1999년 7월 8일 제2-2876호
주소 · 서울시 중구 충무로 29(초동) 아시아미디어타워 502호
대표전화 · 02) 2268-8706(7) | 팩시밀리 · 02) 2268-8708
이메일 · prun21c@hanmail.net / prunsasang@naver.com
홈페이지 · http://www.prun21c.com

ⓒ 김용희, 최명란, 맹문재, 2015

ISBN 979-11-308-0365-4   03810

값 12,000원

2015 오늘의
좋은 동시

김용희 · 최명란 · 맹문재 엮음

『오늘의 좋은 동시』를 펴낸 지 어느덧 다섯 해가 되었습니다.

해마다 좋은 동시를 선정해 시인들의 성과를 인정하면서 우리 동시단의 지형도를 만들어 보려고 시도해 왔는데 제 역할을 하고 있는지 모르겠습니다. 그래도 지금까지 최선을 다해 왔기에 자부심을 가지고 있습니다. 앞으로 더욱 책임감을 가지겠습니다.

그동안 이 기획에 참여해 주신 전병호, 이안, 서재환, 박소명 선생님께 감사의 인사를 드립니다. 함께해 주신 많은 동시인들께도 마찬가지입니다.

『2015 오늘의 좋은 동시』에 선정된 작품은 71명의 71편입니다. 새롭게 선정된 시인은 46명입니다. 작년에는 69명 중 38명이 새로운 시인이었습니다. 3년 동안 계속 선정된 시인은 13명입니다. 이와 같은 사실에서 보듯이 이 선집은 나름대로 공정성을 가지려고 노력하고 있습니다. 그렇지만 동시를 쓰는 분들이 많은 현실에 비추어 보면 대표성을 갖는다고 말하기는 어려울 것입니다. 함께하지 못한 분들께 미안한 마음을 전합니다.

『2015 오늘의 좋은 동시』에 선정된 작품들 중에서 자연과 생활을 노래한 것들이 눈에 띕니다. 소금쟁이, 애벌레, 해바라기, 도깨비바늘, 사과 벌레, 풍뎅이, 꽃무릇, 기러기, 냉이꽃, 배꽃, 무화과 등을 노래한 작품들은 자연의 아름다움과 위대함을 보여 주고 있습니다. 그리고 슈퍼에서 파는 밀가루, 허리 아픈 할아버지, 설날 앞두고 할아버지 따라 간 재래 시장, 엄마에게 짜증을 내었다가 사과한 일, 힘들게 일하는 집배원 아저씨, 할머니의 제삿날, 개똥 밟은 날, 어버이날의 가족 모임, 친구와 사과 반쪽 나누어 먹은 일 등을 노래한 작품들은 솔직함과 구체성으로 감동을 주고 있습니다.

『2015 오늘의 좋은 동시』의 새로운 선정위원으로 김용희, 최명란 선생님을 모셨습니다. 다양한 관점을 수용할 필요가 있어 기존의 선정위원들을 교체해 본 것입니다. 두 분의 역할이 어떠한 평가를 받을지 기대됩니다.

이 선집이 동시를 쓰는 시인들이나 동시를 읽는 독자들에게 큰 즐거움을 주기를 기대해 봅니다.

2015년 3월
엮은이들을 대신하여 맹문재

| 차례 |

제2부

제3부

제 4 부

제1부

순한 개

고영민

우리 집 앞 슈퍼에는
백구라는 개가 있습니다
백구는 순한 개입니다

하루 종일 줄에 묶여 있는 백구는
제 옆에 똥을 석 삼(三) 자로 싸 놓고
사람들이 지나가면 아무한테나 꼬리를
흔들어 줍니다
사람들은 그냥 지나가다가도
개가 참 순하네 하며
다가와 머리통을 쓰다듬거나
핥도록 손을 잠깐 내밀곤 합니다

백구는 정말 순한 개입니다
나도 학교 끝나고 돌아오는 길이면
백구에게 다가가 머리통을 쓰다듬거나
핥도록 손을 내밀곤 합니다
가끔 친구랑 싸웠거나 선생님한테 혼난 날은
땅바닥에 책가방을 벗어 놓고

오랫동안 백구 앞에 쭈그리고 앉아

머리통을 쓰다듬거나 얼굴까지 내맡깁니다

그러면 백구는 세상에서 제일 부드러운 혀로

괜찮아, 괜찮아

내 눈이고, 코고, 입이고, 볼을

구석구석 참, 맛있게도

핥아 줍니다

(현대시학, 8월호)

나비

권영상

손끝에 물을 찍어
책상에 나비를 그렸다.

한 번도
가 보지 않은 들판으로
꽃을 찾아가는 나비.

얼핏
창밖으로
나비 한 마리 날아간다.

돌아다보니
책상 위에 그려 놓은
나비가 없어졌다.

(현대시학, 8월호)

이석현(분당 중탑초 2학년)

깡통에 가득

금해랑

빈 깡통을 앞에 두고
아저씨가 엎드려 있다

한낮이 되도록
고요한 깡통

머뭇머뭇
작은 걸음이 멈추고

땡그랑

껌벅 졸던 해가
화들짝 눈을 뜬다

햇살 한 줄기
깡통에 가득 찬다

(시와 시, 봄호)

소금쟁이

김관식

너희들은
하늘을
미끄러운 얼음판으로
생각하고 있구나

쓰윽쓰윽
미끄럼 타며
걸어가는
푸른 하늘

해도 밟고
지나가고
달도 밟고
지나가는

작은 우주
연못 속
세상의 개구쟁이.

(새싹문학, 여름호)

이정우(을지초 5학년)

이파리와 애벌레

김규학

후두두
빗방울이 떨어진다.

뽕잎을 갉아 먹던
애벌레가
이파리 뒤쪽으로
몸을 피한다.

배고플 땐
먹이였다가
심심할 땐
놀이터였다가
잠잘 땐
침대였던
뽕나무 이파리가

애벌레의
우산이 되어 준다.

(아동문학평론, 가을호)

임성채(청량초 5학년)

해바라기

김 룡

제아무리 키가 크다고는 하지만 해바라기도 어쩔 수 없다.
누군가를 사랑하게 되면 제 키보다 높은 곳에
그 마음을 올려놓아야 한다.

그 애가 사는 집 담벼락 위에 얹어 놓은 내 마음처럼
해바라기도 밤새 머리를 하늘로 밀어 올리다가
꽁, 달에 머리를 찧은 게 틀림없다.

달빛 아래, 제비꽃 몇 송이 키득키득 웃으며
올려다보는 해바라기 얼굴이
노랗게 익었다.

(시와 동화, 여름호)

중력분 박력분

김성민

슈퍼에 갔다

밀가루 파는 데
중력분이라는 게 있었다

중력
지구가 우리를 당기는 힘

중력분
뭔가를 당길 수 있는 가루 같다

예슬이한테 한번 뿌려보고 싶은 가루다

그 옆에 박력분도 있었다
이건 나한테 뿌려야 할까 보다

(동시마중, 7–8월호)

할아버지 허리앓이

김용희

제 키가 더 커졌나
나뭇가지가 더 자랐나

그리도 궁금한지
쉼 없이 떠듬거리며

길이를 재고 또 재는
저 자벌레 한 마리

떼쓰며 조를 때의
내 동생 입꼬리처럼

굽혔다 펴는 그 몸짓
우습지만 부러워요.

두 해를 누워 지낸 할아버지
허리앓이 생각나서.

(쪽배, 9호)

자작나무

김은영

할아버지, 머리카락이 나무 같아요.

그렇구나! 나무들은 산의 머리카락이구나!

할아버지, 흰 머리카락 뽑아 드릴게요.

안 된다. 그건 하얀 자작나무란다.

할아버지, 그럼 염색 좀 하세요.

아니다. 난 자작나무 숲이 좋단다.

(열린 아동문학, 가을호)

고현시장에서

김이삭

설날 며칠 앞두고
할아버지 따라
고현시장에 갔다

생선 사다
방자 할매 만나고

두부 기다리다
수협에서 나오는
숙오 할배 만나고

내 운동화 사다
나루터 다방 아줌마 만나고

버스 정류소에서
방자 할매 숙오 할배 다방 아줌마
다시 다 만났다

(시와 동화, 봄호)

뺑뺑이 돌기

김종상

동생과 마당에서
뺑뺑이를 돌았어요

집이 돌고
땅도 하늘도 돌아요
"아이구 어지러워!"

오른쪽으로 돌던 동생이
갑자기 왼쪽 돌기를 해요

"왜 그렇게 돌지?"
"반대로 돌아서
뺑뺑이를 푸는 거야."

(아동문학평론, 가을호)

샤프심

김종헌

툭, 툭, 툭, 부러진다
한 글자도 못 쓰고

엄마 쓴소리를
잘라 내는 샤프심

뾰로통
내밀었던 입술
어느새 쏙, 들어갔다.

(쪽배, 9호)

전화로 한 사과

김지원

엄마에게 짜증 내고 소리 지른 날
아빠는 엄마에게 사과하라 하시는데
엄마를 꼭 안고 사과하라 하시는데
대답은 했지만 쑥스러워서
그냥 학교로 와 전화로 사과했다

엄마는
"오냐, 오냐
 그래, 그래"

나는
전화기에 대고 쪽 입을 맞추었다.

(푸른사상, 가을호)

내려가실
분

차혜림(선곡초 4학년)

도깨비바늘

김진문

풀숲에 함부로 들어가지 마!

도깨비가 쏘아 댄
작은 화살들!

내 옷에도
동무들 옷에도
온통 도깨비바늘
집중 공격이다.

떼어 내면 떼어 낼수록
삼지창 같은 작은 화살들
악착같이 달라붙는다.

우하하 우하하!

그러니
풀숲에 함부로 들어가지 마!

도깨비들 웃음소리
어디선가 들리는 것 같다.

* 도깨비바늘 : 국화과에 속하는 한해살이풀로 털이 나 있고 줄기는 네모지
며 키가 30~100cm쯤 자란다. 잎은 마주나며 날개깃처럼 갈라졌다. 노란색
꽃이 8~9월에 줄기 끝에 핀다. 이른 봄에 어린순은 나물로 먹고, 줄기와 잎
은 독을 지닌 곤충이나 뱀, 거미에 물렸을 때 해독제로 쓰인다고 한다. 씨
앗은 가시처럼 생겨 사람이나 동물의 몸에 잘 붙는다. 그렇게 하여 도깨비
바늘은 자기 씨앗을 널리 퍼뜨린다.

(어린이문학, 봄호)

권태균(청량초 4학년)

호랑이

김창완

동물원에 갔다
호랑이를 보러 갔다
호랑이가 어흥 할 때까지 기다렸다
한참을 기다려도 호랑이는 하품만 했다
시시해서 돌아서는데
갑자기
거쿠와어루황~ 하는 소리가 들렸다
나는 바지에 오줌을 쌌다
망할 놈의 호랑이 어흥 하고 울 줄 알았더니
순 엉터리로 울어서 진짜 놀랐다

(현대시학, 5월호)

한용희(남양주시 구룡초 2학년)

고양이

김철순

검은 실 뭉치였다

실뭉치가
또르르르르
굴러가더니
멈췄다

굵은 실 가닥이
한 뼘쯤
풀려 있었다

실 가닥을
잡으려 하자
실뭉치가
달아났다

실 가닥은 놓치고
―야옹―야옹―야옹―
울음 가닥만 잡고 있다

(동시마중, 7–8월호)

내 등

김형식

늘
우리가
기대기만 하는 나무

나무도 누군가에게
기대고 싶을 때가 있을 거야

내 등이라도
내어 주고 싶어
곁에 가만히 서 본다.

아버지도
힘드실 때
기대고 싶은 곳이 있을까?

가만히 다가가
아버지 등에
내 등을 기대고 앉으면

돌아보시며
웃으시는 아버지
내 등이 더 따스해진다.

(소년문학, 7월호)

33

신발 꿈

김환영

몸이아플때는왜신발이없어지는거야꿈을꾸면언제나모르는사람들틈에서, 담배냄새나는어른들틈에서왜나는애써신발을찾고있는지내신발은어디로가보이지도않는지, 덩치큰신발들에밟혀와작구겨지는걸보고도찾으려면도통보이지를않는지, 난얼른신발을찾아야하는데

도망을쳐야하는데, 무슨잘못을했는지알수는없지만얼른도망을쳐야겠는데, 무릎은왜움직이질않는거야도망을가려면무릎을찾아와야하는데찾아와바짝힘을주어야하는데, 왜무릎에힘이안들어가는거야왜하필그때오줌은쌀것처럼마려운거야, 난빨리도망을쳐야하는데

(창비어린이, 가을호)

염태준(남양주시 구룡초 5학년)

제 2 부

풍경화 1

김효안

꼬마 주인이 잠깐
자리를 비운 사이

냉큼
의자에 올라
꽃비 맞던 강아지.

부르르
몸 한 번 털고는
저녁달 보고
왈, 왈, 왈!

(쪽배, 9호)

일

남호섭

숲 속 마을 작은
우리 학교에

집배원 아저씨 날마다 와서
가장 정성스럽게 하는 일

한쪽 벽에 붙은
벽걸이 우체통 열어 보기

빈 통인 줄 알면서도
열어 보기

빨간 우체통이
부끄럽지 않게

실망하는 눈빛 없이
닫아 주기

(현대시학, 5월호)

김은채(남양주시 구룡초 2학년)

창문을 열었더니

노원호

창문을 열었더니
길 가는 사람들이 보이고
바람도 솔솔 들어온다.
사거리 길 지나던 사람들이
힐끔힐끔 쳐다보고
길가의 꽃들도 방긋방긋 웃어 주고
새 소리도 쪼르 쪼르 들려오고
달리던 차들도 쟁쟁거린다.
창문을 열었더니
닫혀 있던 생각들이
모두 솔솔 기어 나온다.

(아동문예, 3-4월호)

봉투가 말했어요

문삼석

들어와.
숨겨 줄게.

걱정 마.
지켜 줄게.

(아동문예, 7-8월호)

쉼표 바위

문성란

가파른 산길
여기저기
놓인 바위

가쁜 숨이 먼저 걸터앉으면
무거워진 엉덩이도 걸터앉고
도란도란 수다도 걸터앉는다

바위가
엎드려 만들어 준
쉼표.

(동시마중, 7-8월호)

복숭아 벌레 사과 벌레

문성해

복숭아 속에는
분홍빛 복숭아 벌레

사과 속에는
하얀 사과 벌레

복숭아만 먹던 복숭아 벌레와
사과만 먹던 사과 벌레가
접시 위에서 딱 만났습니다

복숭아 벌레는
상큼한 사과 냄새에
사과 벌레는
향긋한 복숭아 냄새에

서로 반해
둘은 그만 얼싸안고 말았답니다

(동시마중, 9–10월호)

늦가을 풍경

박경용

1. 어느 아침

빨강 노랑 단풍 사이로
노란 버스가 왔다.

빨간 재킷 엄마가
노란 유니폼 아이를

버스에
실어 보냈다.

가을 한 점이 떠났다.

2. 어느 저녁

여치가 비우고 간
썰렁한 가시덤불에

조롱조롱 도드라진
빨간 열매 몇 알을

헛헛한
솔새들이 물고 갔다.

가을 몇 점이 사라졌다.

(쪽배, 9호)

사과 벌레

박방희

맛있는 속을 파먹고

길을 내고
굴을 파고
새끼까지 치고
집으로 쓰면서도
고맙다 하기는커녕

사과 한마디 없는
사과 벌레.

(시와 동화, 여름호)

인서진(유석초 5학년)

할머니 제삿날

박선미

할머니 입원하시고
집 비울 때가 많아
비밀번호 바꿨는데

그것도 모르고
하늘나라로 떠나신
우리 할머니

바뀐 번호 몰라
우리 할머니
집에 못 들어올까 봐
옛날 번호로 다시 바꿨다.

(아동문예, 1-2월호)

날아가는 택시

박소명

붕^붕^붕

숲 속 마을
풍뎅이 택시

굴참나무 정류장에
척 내려앉습니다.

한참 기다려도
손님이 없자

붕^붕^붕

건너편
갈참나무 정류장으로
힘차게 날아갑니다.

(어린이와 문학, 9월호)

김태희(성신초 2학년)

겨울 허수아비

박예분

이곳이
벼가 누렇게 익었던 곳이라고

찾아보면
잘 여문 낟알들이 있을 거라고

먹이 찾는 겨울새들을 위해
찬바람 맞으며

논 한가운데
기꺼이 알림판으로 서 있습니다.

(동심의 시, 11월호)

김나경(경희초 6학년)

하루 해가 짧은 날

서정홍

맨날 동생들과 놀다가
오늘은 구륜이 형과 놀았습니다

하도
재미있어서

노는 시간 빨리 갈까 봐
바쁘게 놀았습니다

(어린이문학, 여름호)

선운사 꽃무릇 군락지

서향숙

비와 바람과 햇살이
힘을 모아서
땅에 찍어 낸
단독 무늬
비상을 꿈꾸는
빨강 날갯짓이
햇살에 눈부시다
빛 고운 무늬를
땅에 만들 생각을
어떻게 했지?
엄청나게
기막힌 기술.

(푸른사상, 겨울호)

소풍 가는 날

성환희

모두가 잠든 시간,

옷들이
옷장 밖으로 나오고.

신발들
신발장 앞에 줄 섰다.

옷이랑 신발도
나처럼 설레나 보다.

(오늘의 동시문학, 겨울호)

이승혁(서빙고초 6학년)

시의 힘

송재진

입춘, 경칩 다 지났는데
시샘추위, 옹크린 교실.

「봄」시 몇 편을 읽자
아물, 아물, 아지랑이……,

새뜻한
봄이 화들짝!
가슴에서 벙근다.

(쪽배, 9호)

내 동생 구미호

송진권

열 손가락이 빨개요
봉숭아 물을 들였거든요

저만 빼고 뭘 먹나
보느라 눈이 쪽 째졌어요

입안이 빨개요
방금 죠스바를 먹었거든요

엄마 아빠만 나타나면
착한 척 꼬리를 살랑살랑

자꾸 간을 달래요
자기는 순대보다 간이 더 맛있다나요

(현대시학, 5월호)

참새들이 까분다

송찬호

참새들이 찔레나무 덤불로
마을 정자 지붕으로
감나무 가지로
우루루 우루루 몰려다닌다

저렇게 돌아댕기지 말고
우리 집 배추밭
배추벌레나 잡아먹었으면

내가 쫓아가면
조금 더 날아가 앉고
조금 더 날아가 앉고

참새들이 까분다

(동시마중, 1-2월호)

이승혁(서빙고초 6학년)

건강 재판

신민규

진찰을 받았다
의사 선생님의 표정이 굳어졌다

이대로 주사 맞을 운명인가!
심장이 마구 뛴다

일주일 치 약을 드리겠습니다
심장이 기뻐 날뛴다

(현대시학, 5월호)

제 3 부

시계

신복순

가도 가도
12보다 더 갈 수가 없다.
온종일 돌아도
또 1부터이다.

처음 시작했던
그 마음
잊지 말라고

시계가
늘 1부터
다시 가르쳐 준다.

(어린이책 이야기, 봄호)

진성모(유석초 5학년)

나 아가 때도

신정아

영서 형은 요즘
막내하고만 놀아 줘요.
두 살배기 막내가
나보다 귀엽대요.

막내가 부러워
한참 바라보다가
엄마한테 달려갔죠.

"엄마, 엄마!
나 아가 때도 형아가
많이 놀아 줬지?
정말이지, 그렇지?"

(문학청춘, 가을호)

내 몸은 자다

신현득

책상 가장자리는
손으로 재는 거야.
"세 뼘 반이네."

길다란 끈은 팔로 재는 거야.
"다섯 발이네."

나무 둘레도 팔로 잰다구,
"딱, 두 아름."

높이를 잴 때는
키를 자로 삼지.
"내 책장은 한 길 세 뼘."

교실에서 교문까지는
발로 재지.
"3백 두 걸음이네."

손가락, 팔, 다리,
키가 모두
자 하나씩이다.

(아동문예, 1-2월호)

개똥 밟은 날

오승강

조회하는 날 아침
운동장 청소하다가
개똥 밟았다

한글날 백일장 때 쓴 글
장원 상 받던 날도
처음으로 수학 시험 백 점 받던 날도
생각해 보면 모두 개똥 밟은 날

운동화에 묻은 개똥 더럽긴 해도
돌로 쓰윽 긁어내고는
기분 좋게 교실로 들어간다
왠지 좋은 일 생길 것 같다

(어린이문학, 여름호)

천적

오인태

— 고양이의 천적은 개라니까!
— 자동차라니까!

병호와 근식이 또 붙었다

(시와 동화, 여름호)

숲에 가면

오한나

숲에 가면 할아버지가 있어요. 작년에 상수리나무 아래 수목장을 지냈죠. 할아버지는 도토리묵을 참 좋아하셨는데 땅속에서도 도토리묵 실컷 먹고 싶다면서 상수리나무를 고르셨죠.

우리 식구는 할아버지가 보고 싶을 때면 숲으로 가요. 봄바람이 나뭇잎을 간질이는 소리는 할아버지가 즐겨 부르던 노래 같고 시원한 나무 그늘은 여름날 내게 해 주던 손 그늘 같아요.
도토리가 톡톡 머리 위로 떨어지면 장난으로 가끔 내게 꿀밤을 먹이던 할아버지 손길이 생각나요.

"할아버지, 안녕히 계세요. 눈 내리면 또 올게요. 그땐 눈싸움해요."
'잘 가라, 찬선아.'

할아버지가 백 개도 넘는 나뭇잎 손을 흔들고 있어요.

* 수목장 : 유골을 나무 밑에 묻어 자연에 돌아가게 하는 방법을 일컫는다.

(열린 아동문학, 봄호)

한세령(길음초 5학년)

만일 풀과 벌레가 프러포즈를 한다면

유강희

풀이 벌레에게
— 내가 널 굶기는 일은 없을 거야

벌레가 풀에게
— 죽을 때까지 네 곁에 있어 줄게

(현대시학, 5월호)

커다란 밥그릇

이상교

이제 밥
더 안 먹겠다!

밥그릇을 뒤집어엎고
말았다.

**마지막으로
아주 커다란 밥그릇을
장만해
집으로 덮어썼다.**

(아동문예, 3~4월호)

김민우(남양주시 구룡초 2학년)

기러기 날아간다

이상국

가을 저녁
기러기 날아간다
아버지 기러기가 앞장서고
고무줄처럼 줄였다 늘렸다 하며
기러기 가족 날아간다
우리 동네 하늘을 지나가며
자꾸 딴전 보는 막내에게
갈 길이 먼데 정신 차리라고
지네들 말로 소리치며
기러기 날아간다

(동시마중, 3-4월호)

냉이꽃

이성자

고개 쑥 내밀고
먼 곳을 바라보는
냉이꽃

어쩌자고 꽃을 달았을까?
끝까지 나물로 남지

등 돌리며 구박하는 소리에
서러운 냉이꽃
하얗게 웃기만 해요

눈물처럼 피어서
오늘도 애타게
누구, 기다리는 것일까요?

(어린이문학, 여름호)

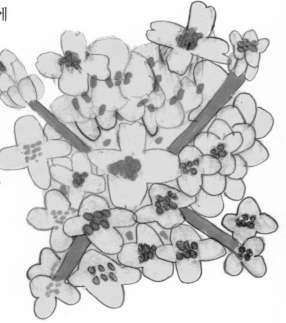

한상인(길음초 6학년)

하진이

이 안

1.
여덟 살 하진이가 하, 웃는다
앞니가   빠졌다
하, 웃음 구멍이 저기 있었네

2.
일 년 만에 만난 하진이가 또 하, 웃는다
윗니가 나왔   다
하, 웃음 구멍이 오른쪽으로 두 칸 이사했네

(사람가로등, 2014 권태응어린이시인학교 어린이 시집)

낙법

이장근

낙법을 배웠다
바닥에 닿는 순간
팔로 바닥을 치란다

성적표를 받았다
엄마가 펼치는 순간
큰 소리로 울었다

(창비어린이, 여름호)

하현달

이정인

산 너머로
별 하나 길게 떨어지는 걸 봤다

저 봐, 느슨해진 달 시위

누가 잡아당겼지?

(열린 아동문학, 가을호)

조윤성(홍릉초 6학년)

우리 집 돼지

이준관

우리 집 돼지한테서
돼지 냄새가 난다고
아이들은 코를 싸쥔다.

내 몸에서도
돼지 냄새가 난다고
슬슬 피한다.

그래도 난 안 창피하다.

우리 집 돼지
우리가 남긴 밥 잘 먹고
옥수수 껍질도 잘 먹고
옥수수처럼 통실통실 잘 자란다.

우리 집 돼지
분홍빛 코를 가진
고사리처럼 도로로 꼬리가 말린
새끼 돼지를 낳았다.

놀리던 아이들이
보고 싶어 하고
만지고 싶어 하는.

(동심의 시, 11월호)

이주영(부천 상동초 3학년)

비눗방울 타고 올라가는 텐트

이준섭

오늘은 5월 8일 어버이날
할머니 할아버지 모시고
난지 텐트촌에 엄마 아빠 따라 갔습니다

10시 45분쯤 도착했을 땐 텐트촌마다
가족들끼리 온 사람들이 까르르 깔깔
모처럼 만난 이모랑 고모랑 동생들이랑
연방 까르르, 까르르 깔깔 까르르 깔깔

12시쯤 되니까 텐트마다 달아오른 불판에
삼겹살 굽는 연기며 내음으로 텐트촌이 떠오르고
동생들이 불어 대는 비눗방울들이 멀리멀리 날아갑니다
여기저기서 불어 대는 비눗방울들이 텐트를 싣고
저 높푸른 5월 하늘을 천천히 올라가고 있습니다.

아, 어느덧 하늘을 흔들며 노는 연 꼬리들도 내려와
텐트촌에 넘쳐나는 할머니 할아버지 웃음꽃을
엄마 아빠 이모 이모부 고모 고모부 얘기꽃을

우리들 비눗방울의 행복도 싣고 날아가고 있습니다.
우리들 꿈 송이 같은 아주 커다란 비눗방울에 텐트를 싣고
높푸른 하늘로 둥실둥실 두둥실 올라가고 있습니다.

(동심의 시, 11월호)

어떤 장례

장동이

노랑턱멧새 한 마리가
처마 밑 봉당에 누워 있었다.
눈을 꼭 감고 뻣뻣했다.
이른 아침이었다.

바람에 솜털이 나부꼈지만
아침 햇살에 폭 싸여 있었다.

마당에선 강아지 보리가
나를 빤히 쳐다보고 있었다.
남들 보기 전에 어서
어디 묻어 주자는 눈치였다.

까불이 보리가 뒤를 따랐다,
상주처럼 머릴 숙이고 졸졸.

(현대시학, 7월호)

봄비처럼

장영복

말 붙이기도 조심스럽게

살 살 살

봄비 내리는 아침

새로 우리 반 된 아이

말 붙이기 조심스러운 그 아이가

살며시 교실 문을 열었어

"너도 봄비처럼 오는구나"

슬며시 건넨 말에

웃음 한 잎이 살포시

그 애 입가에 돋았어

(어린이책 이야기, 봄호)

정수안(공연초 4학년)

제4부

흰나비

전병호

무덤 앞에 차린 제사상에
나비가 날아와 앉았다.

할머니가 즐겨 입던
흰 옷 빛깔 나비.

"당신, 나비가 되어 왔나?"
할아버지가 묻자
나비는 대답하듯
나풀나풀.

고모 옷깃에 앉았다가
절하는 삼촌 등에 앉았다가
내 머리에 앉았다가

먼 하늘로 훨훨 날아갔다.

(창비어린이, 가을호)

그림자

전원범

영이는 그림자와 함께
집에서 나왔습니다.
종종거리며 따라다니는 영이 그림자

철이도 그림자와 함께
집에서 나왔습니다.
덜렁거리며 따라다니는 철이 그림자

영이 그림자와
철이 그림자가 한나절 동안
함께 놀았습니다.

얼마나 배가 고픈지
그림자들이 작아졌습니다.
철이 집으로 가는 철이 그림자
영이 집으로 가는 영이 그림자

(동심의 시, 11월호)

배꽃

정용원

새하얀 배꽃 피었다
온 세상이 환해졌다

꽃이 지고 난 자리에
달고 시원한 꿀배 열리겠지

은혜를 두 배, 세 배 갚으라고
배라는 이름 붙였을 거야

부모님 은혜도 두 배 세 배
선생님 은혜도 두 배 세 배

배가 익으면 택배로
감사 선물 보내 드려야지

(소년문학, 7월호)

서연우(잠원초 6학년)

무화과

정형택

꽃일까
열매일까

나비들이 지나다
머뭇댑니다

어디서 퍼져 올까
싱그런 향내음

벌들은 예서 제서
허둥댑니다

한점 꽃향도
내주기 싫어
꽃 없는 나무라고
이름 써 달고

꼬옥 꼭
문을 걸고
숨죽이며 피는 꽃

열매로 사알짝
가슴 열어 놓으면

벌들은 윙윙
나비는 훨훨
서운한 듯 되뇌며
되돌아갑니다.

(아동문예, 9-10월호)

손진우(길음초 2학년)

'반쪽' 이라는 말

조기호

사과 반쪽을 건네며
친구가 찡긋 웃었다.

반쪽,
전부를 쪼개어
반의 몫을 내어 준
참 따뜻한 말이지.

반을 준다는 것도
반을 가진다는 것도
모두
서로의 반이 되는 일이지.

'반쪽' 이라는 말
사실은
'우리' 라는 말이지.

반쪽 사과를 받고
나도 씽긋 웃어 주었다.

(열린 아동문학, 겨울호)

풍경

조명제

바람에 떡 감는
처마 끝 물고기

잠들면 안 돼
깨어 있어야 해

아기 바람 살랑살랑
공중그네 밀면

댕그랑
댕그랑

햇살에 비늘 파닥이며
새가 되어 날고 있다.

(열린 아동문학, 여름호)

돌하르방

진복희

1.
갯내 물씬 끼치며
다가오는 아, 돌하르방!

마주 다가가니
배꼽 인사 건네 온다.

얼결에
나도 두 손 모으고
공손히 맞절 올렸다.

2.
서귀포 앞바다를
주름잡던 큰 너울이

바람을 다독이며
슬금슬금 다가와서

퉁방울
돌 할아버지 앞에
연신 머리를 조아린다.

3.
돌하르방이 돌보는
기름진 삼나무 숲.

갑갑한 교실에서
잔가지 뻗던 생각들이

키 재는
도토리들처럼
숲자락에 걸렸다.

(시와 동화, 여름호)

서지우(잠원초 3학년)

벼들아

진현정

하루 종일
논물에
발 담그고 있어도
그렇게 무덥니?

촘
촘
촘

벼의 낟알이
땀방울처럼
맺히고 있구나

(동시마중, 7-8월호)

할머니의 다리미

차주일

얼굴 주름 가득한 할머니가

까칠까칠한 손으로 내 얼굴을 쓰다듬는다.

짜증 섞여 쭈글쭈글했던 내 목소리

반듯하게 다림질되어 나온다.

(동시마중, 1-2월호)

손체리(길음초 5학년)

눈

최명란

하품을 하는데
앗!
눈이 입속으로 들어온다
코로 들어오려다 못 들어오고
눈으로 들어오려다 못 들어오고
입속으로 쏙 들어온다
너무 까불어서 피곤한가
들어오자마자 그만
톡 쓰러져 버린다

(어린이와 문학, 12월호)

한소희(한천초 5학년)

아빠 손

최수진

우리 집 대문 손잡이는 까매요
아빠 손도 까매요
나는 아빠의 까만 손을
한 번도 잡아 본 적이 없어요

우리 집 근처 언덕 위에
조그만 교회가 있어요
크리스마스가 되면
교회에서 작은 음악회가 열려요

아빠와 나는 음악회에 가요
아빠 손에 자꾸 눈이 가요
까만 아빠 손이 창피해요

음악회가 끝나고 교회를 나오니
하얀 눈이 펑펑 내려요
아빠는 박수로 뜨거워진 내 손을
꼭 잡아요

아빠 손을 잡고
언덕을 조심조심 내려와요
딱딱하지만 참 따뜻한 손이에요
아빠 손은 내 어깨로 옮겨져요

아빠가 감싸 안은 내 어깨는
솜이불을 덮은 것 같아요

까만 아빠 손 위에
흰 눈이 사락사락 내려요

(아동문학평론, 여름호)

박지민(석계초 6학년)

밤(夜)

최영환

날마다 낮이라면
달과 별 언제 보죠?

잠은 언제 자고……
꿈은 언제 꾸고……

아, 그래!
그래서 있는 거구나.
멋진 동시조도 쓰라고……

(아동문예, 1-2월호)

너무 쉬운 문제

선생님이 문제를 내셨다.

빈 칸을 채우시오.

새해 아침 세운 결심이
며칠을 가지 못한다는 뜻의
사자성어.

작☐ 삼☐

나는 문제를 보자마자
바로 답을 적었다.

작은삼촌

삼촌,
올해는 담배 끊고
장가도 가세요.

지도 만들기
─ 김정호*

하지혜

내비게이션 없이
카메라도 없이
이 땅 구석구석 찾아다녔다

큰 산을 보면
─ 네 키 내가 재 줄게
넓은 들을 보면
─ 네 가슴둘레 내가 재 줄게

손가락 발바닥 두 팔로 잰
땅 신체 검사표
'대동여지도'.

* 조선 시대 지리학자로 1804년 황해도에서 태어나, 1866년 돌아
  가셨다. 전국을 직접 돌아다니며 1861년 나무판에 새긴 '대동여
  지도'를 만들었다.

(열린 아동문학, 여름호)

이은지(용두초 2학년)

엄마는 심청이

한상순

고추밭에서
나락 논에서
물도 주고 김도 매는
우리 엄마.

일주일에 한 번은
곡성역 연극 무대에서
심청이가 됩니다.

옛날에 옛날에
곡성 땅에 살았다는
효녀 심청이.

엄마는
돌아가신 외할아버지가 살아오신 듯
심 봉사 부둥켜안고
목이 터져라 소리를 합니다.

"아이고, 아부지이!
이게 꿈이요, 생시요오~~....."

정말 정말
우리 엄마!
효녀 심청이 같습니다.

(동심의 시, 11월호)

임지민(사대부속초 4학년)

동물 농장

한선자

하나같이 애들 같아요
흘리고 뚫어 놓고 파헤치고
올라가 있고 내려가 있고 숨어 있고
매달려 있고 떨어지고
쏟아뜨리고 부수고 깨뜨리고
갉아 먹고 핥아 먹고 끊어 놓고
물어뜯고 어질러 놓고
쓰러뜨리고 섞어 놓고
날아다니고 부스럭거리고
엎어 놓고 열어 놓고
난장판도 그런 난장판이 없어요
소리도 다 달라 시끌시끌해요
푸드득 꿀꿀 찍찍
어푸어푸 꼬꼬댁 음메 야옹
스르륵 어슬렁 후다닥
시끄럽거나 어수선해요
그래도 노는 모습이 정겨워요
끊임없이 어질러 놓는 우리들처럼
마냥 즐거운 웃음 주니까요

(푸른사상, 겨울호)

박지민(석계초 6학년)

아하, 그래서 조용했구나

한혜영

배롱나무에 찰싹 붙어서
악을, 악을 써 대던
매미가 가버린 것을 이제야 알았어요.

기어이 빛을 받아 낸 모양입니다.

(아동문학세상, 봄호)

이나은(늘푸른초 6학년)

전봇대

홍희숙

이층 주택 매매

빌라 전세 놓습니다.

피아노 학원생 모집……

많은 광고를 해 주고도
대가 한 푼 받지 않는
키다리 아저씨.

(푸른사상, 가을호)

2015 오늘의
좋은 동시

동시 속 그림

이석현(분당 중탑초 2학년)

이정우(을지초 5학년)

임성채(청량초 5학년)

차혜림(선곡초 4학년)

권태균(청량초 4학년)

한용희(남양주시 구룡초 2학년)

염태준(남양주시 구룡초 5학년)

김은채(남양주시 구룡초 2학년)

인서진(유석초 5학년)

김태희(성신초 2학년)

김나경(경희초 6학년)

이승혁(서빙고초 6학년)

이승혁(서빙고초 6학년)

진성모(유석초 5학년)

한세령(길음초 5학년)

김민우(남양주시 구룡초 2학년)

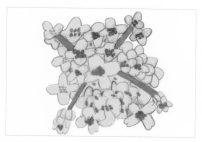

한상인(길음초 6학년)

조윤성(홍릉초 6학년)

이주영(부천 상동초 3학년)

정수안(공연초 4학년)

서연우(잠원초 6학년)

손진우(길음초 2학년)

서지우(잠원초 3학년)

손체리(길음초 5학년)

한소희(한천초 5학년)

박지민(석계초 6학년)

이은지(용두초 2학년)

임지민(사대부속초 4학년)

박지민(석계초 6학년)

이나은(늘푸른초 6학년)

고영민　2002년 『문학사상』으로 작품 활동을 시작했습니다. 시집 『악어』 『공손한 손』 『사슴공원에서』를 펴냈습니다.

권영상　1979년 『강원일보』 신춘문예에 당선되어 작품 활동을 시작했습니다. 동시집 『구방아, 목욕가자』 『엄마와 털실뭉치』 등을 펴냈습니다. 지금은 신문 컬럼니스트로 일하고 있습니다.

금해랑　2009년 천강문학상 아동문학부문 금상에 당선되었고, 2010년 『어린이와 문학』으로 작품 활동을 시작했습니다. 2013년 서울문화재단 창작지원금을 받았습니다. 동시집 『꽃들은 어디로 갔을까』를 펴냈습니다.

김관식　1976년 『전남일보』 신춘문예에 문학 평론이 당선되어 작품 활동을 시작했습니다. 2014년 최남선문학상을 수상했습니다.

김규학　2009년 문화예술위원회 창작지원금을 받았고, 2010년 천강문학상, 2011년 불교문학상을 수상했습니다. 동시집 『털실뭉치』를 펴냈습니다.

김　륭　2007년 『문화일보』 신춘문예에 시가 당선되어 작품 활동을 시작했습니다. 문화예술위원회 창작지원금을 받았습니다. 2013년 문학동네 동시문학상 대상을 받았습니다. 동시집 『프라이팬을 타고 가는 도둑고양이』 『삐뽀삐뽀 눈물이 달려온다』 등을 펴냈습니다.

김성민　2011년 『대구문학』 신인상, 2012년 『창비어린이』 신인문학상에 당선되어 작품 활동을 시작했습니다. 지금은 카피라이터로 일하고 있습니다.

김용희　1982년 『아동문학평론』으로 등단하였고, '쪽배' 동인으로 작품 활동을 시작했습니다. 제9회 방정환문학상, 제21회 한국아동문학상을 받았습니다. 동시 이야기집 『짧은 동시 긴 생각 1』, 동시집 『실눈을 살짝 뜨고』 등을 펴냈습니다. 지금은 『아동문학평론』 편집주간입니다.

김은영　1989년 『동아일보』 신춘문예에 동시가 당선되어 작품 활동을 시작했습니다. 동시집 『빼앗긴 이름 한 글자』 『김치를 싫어하는 아이들아』 『아니, 방귀 뽕나무」『선생님을 이긴 날』 등을 펴냈습니다.

김이삭　2005년 『시와 시학』으로 작품 활동을 시작했습니다. 동시집 『바이킹 식당』, 동화집 『거북선 찾기』를 펴냈습니다. 지금은 울산 옹기종기도서관에서 '교과서 속 동시' 수업을 하고 있습니다.

김종상　1960년 『서울신문』 신춘문예에 동시 「산 위에서 보면」이 당선되어 작품 활동을 시작했습니다. 동시집 『흙손엄마』, 동화집 『재주 많은 왕자』 등을 펴냈습니다. 한국문인협회와 국제펜한국본부 고문이며 『문학신문』 주필입니다.

김종헌　2000년 『아동문학평론』 동시 부문 신인상을 받으며 작품 활동을 시작했습니다. 동시집 『뚝심』, 아동문학 평론집 『동심의 발견과 해방기 동시문학』 등을 펴냈습니다.

김지원　2004년 『아동문예』 문학상을 받았습니다. 동시집 『나도 씨앗처럼 눈 감고 엎드려 본다』 등을 펴냈습니다.

김진문　1985년 어린이 무크지 『지붕 없는 가게』로 작품 활동을 시작했습니다. 2002년 『어린이문학』 전국 동시 공모에 당선되었습니다. 주로 농어촌 아이들의 삶과 교육, 자연을 소재로 동시와 산문을 쓰고 있습니다.

김창완　에세이집 『집에 가는 길』, 산문집 『이제야 보이네』, 환상스토리 『사일 런트 머신 길자』 등을 펴냈습니다.

김철순　1995년 지용신인문학상을 받았고, 2011년 『한국일보』 신춘문예, 『경상일보』 신춘문예에 동시가 당선되었습니다. 시집 『오래된 사과나무 아래서』, 동시집 『사과의 길』 등을 펴냈습니다.

김형식　1986년 『아동문예』 신인문학상을 받으며 작품 활동을 시작했습니다. 동시집 『코스모스길』 『꽃그늘술래잡기』 등을 펴냈습니다. 지금은 충북 회남초등학교 교장입니다.

김환영　동화와 그림책 등 많은 어린이책에 그림을 그렸습니다. 2010년 동시집 『깜장 꽃』을 펴냈습니다. 『동시마중』의 편집위원입니다.

김효안   2003년 『아동문학평론』 동시 신인상을 받으며 작품 활동을 시작했습니다. 합동 시집 『앞서거니 뒤서거니』 『햇빛 잘잘 실눈 살짝』 등을 펴냈습니다. '쪽배' 동인으로 활동하고 있습니다.

남호섭   1992년 『민음동화』로 작품 활동을 시작했습니다. 동시집 『타임캡슐 속의 필통』 『놀아요 선생님』 『벌에 쏘였다』 등을 펴냈습니다. 지금은 산청 간디학교에서 일하고 있습니다.

노원호   1974년 『매일신문』과 1975년 『조선일보』 신춘문예에 동시가 당선되어 작품 활동을 시작했습니다. 동시집 『바다를 담은 일기장』 『e메일이 콩닥콩닥』 『꼬무락 꼬무락』 등을 펴냈습니다. 세종아동문학상, 소천아동문학상, 방정환문학상 등을 받았습니다. 지금은 사단법인 새싹회 이사장입니다.

문삼석   1963년 『조선일보』 신춘문예에 동시가 당선되어 작품 활동을 시작했습니다. 동시집 『산골 물』 『이슬』 『우산 속』 『바람과 빈 병』 『그냥』 등을 펴냈습니다. 현재 한국아동문학인협회 고문입니다.

문성란   2010년 『오늘의 동시문학』으로 작품 활동을 시작했습니다. 동시집 『둘이서 함께』를 펴냈습니다.

문성해   1998년 『매일신문』, 2003년 『경향신문』 신춘문예에 시가 당선되어 작품 활동을 시작했습니다. 시집 『자라』 『아주 친근한 소용돌이』 『입술을 건너간 이름』을 펴냈습니다.

박경용   1958년 『동아일보』 『한국일보』 신춘문예에 당선되어 작품 활동을 시작했습니다. 동시집 『어른에겐 어려운 시』, 동시선집 『새끼손가락』, 동시조집 『별 총총 초가집 총총』 등을 펴냈습니다. 세종아동문학상, 대한민국문학상 등을 수상했습니다.

박방희   1985년 무크지 『일꾼의 땅』으로 작품 활동을 시작했습니다. 2001년 『아동문학평론』에 동화가, 『아동문예』에 동시가 당선되었습니다. 동시집으로 『날아오른 발자국』 『우리집은 왕국』 등을 펴냈습니다.

박선미   1999년 『부산아동문학』 신인상과 창주문학상을 받으며 작품 활동을 시작했습니다. 동시집 『지금은 공사 중』 『불법주차한 내 엉덩이』 『누워있는 말』을 펴냈습니다. 오늘의동시문학상, 서덕출문학상, 봉생문화상을 받았습니다. 지금은 부산 연산초등학교 수석교사입니다.

박소명　『월간문학』에 동시가, 『동아일보』 신춘문예에 동화가 당선되었습니다.
동시집 『산기차 강기차』 『꿀벌 우체부』, 동화집 『흑룡만리』 『세계를 바꾸는 착한 똥
이야기』 등을 펴냈습니다. 오늘의동시문학상, 황금펜아동문학상을 받았습니다.

박예분　2003년 『아동문예』, 2004년 『동아일보』 신춘문예에 동시가 당선되었
습니다. 동시집 『햇덩이 달덩이 빵 한 덩이』 『엄마의 지갑에는』, 동화책 『이야기 할머
니』 등을 펴냈습니다. 전북아동문학상을 받았습니다. 지금은 학교 및 도서관, 문학관
등에서 문학 강연을 하고 있습니다.

서정홍　동시집 『윗몸일으키기』 『우리 집 밥상』 『닳지 않는 손』 등을 펴냈습니
다. 전태일문학상, 우리나라 좋은 동시 문학상을 받았습니다. 황매산 기슭 작은 산골
마을에서 농사를 지으며 '열매지기공동체'와 청소년과 함께하는 '담쟁이 인문학교'
를 열어 이웃과 아이들과 함께 배우고 깨달으며 살아가고 있습니다.

서향숙　1996 『조선일보』 신춘문예, 『아동문학평론』 신인상을 받으며 작품 활
동을 시작했습니다. 동시집 『연못에 놀러 온 빗방울』 『자음 모음 놀이』, 동화집 『날
개 달린 사자』 등을 펴냈습니다. 방정환문학상, 새벗문학상 등을 받았습니다. 현재 광
주·전남아동문학인회 회장이며 시 낭송가입니다.

성환희　2002년 『아동문예』 동시 부문 신인문학상을, 2013년 울산작가상을 받
았습니다. 동시집 『궁금한 길』 『인기 많은 나』를 펴냈습니다.

송재진　1983년 『광주일보』 신춘문예, 1986년 『한국아동문학』 신인상에 동시
가 당선되어 작품 활동을 시작했습니다. 동시집 『하느님의 꽃밭』 『회초리도 아프대』
등을 펴냈습니다. 동시조 '쪽배' 동인이며 계간 『아동문학평론』과 '가꿈' 발행인입
니다.

송진권　2004년 『창작과비평』으로 작품 활동을 시작했습니다. 시집 『자라는
돌』, 동시집 『새그리는 방법』을 펴냈습니다.

송찬호　1987년 『우리 시대의 문학』으로 작품 활동을 시작했습니다. 시집 『붉
은 눈, 동백』 『고양이가 돌아오는 저녁』 등을 펴냈습니다.

신민규　　2011년 『동시마중』으로 작품 활동을 시작했습니다.

신복순　　2007년 『월간문학』 동시 신인상을 받았습니다. 동시집 『고등어야 미안해』를 펴냈습니다.

신정아　　2012년 『월간문학』에 동시가 당선되었습니다. 동시집 『사탕, 과자 쉬어버리면 어쩌죠?』를 펴냈습니다. SBS 방송작가로 근무한 뒤 지금은 아동문학을 가르치며, 아동문학 연구자로 활동하고 있습니다.

신현득　　1959년 『조선일보』 신춘문예에 동시 부문으로 입선하며 작품 활동을 시작했습니다. 동시집 『아기 눈』 『고구려의 아이』 등을 펴냈습니다. 세종아동문학상을 받았습니다.

오승강　　1976년 『동아일보』 신춘문예와 『시문학』을 통해 작품 활동을 시작했습니다. 시집 『새로 돋는 풀잎들을 보며』 『피라미의 꿈』, 동시집 『분교마을 아이들』 『내가 미운 날』을 펴냈습니다. 포항 송곡 초등학교에서 아이들과 지내고 있습니다.

오인태　　1991년 『녹두꽃』으로 작품 활동을 시작했습니다. 시집 『그곳인들 바람 불지 않겠나』 『혼자 먹는 밥』 등, 동시집 『돌멩이가 따뜻해졌다』, 산문집 『시가 있는 밥상』을 펴냈습니다. 교육 전문직으로 일하며 틈틈이 시, 동시, 문학평론, 시사 글 등을 쓰고 있습니다.

오한나　　2006년 『화백문학』 동시 신인상을 받으며 작품 활동을 시작했습니다. 2014년 아르코 문학창작기금을 받았습니다. 지금은 초등학교와 도서관 등에서 글쓰기 지도를 하고 있습니다.

유강희　　1987년 『서울신문』 신춘문예에 「어머니의 겨울」이 당선되어 작품 활동을 시작했습니다. 시집으로 『불태운 시집』 『오리막』과 동시집 『오리 발에 불났다』 『지렁이 일기 예보』 등이 있습니다.

이상교　　1974년 『조선일보』 신춘문예에 동시로 입선하며 작품 활동을 시작했습니다. 동화집 『댕기 땡기』 『처음 받은 상장』 등, 동시집 『먼지야, 자니?』 『예쁘다고 말해 줘』 등을 펴냈습니다. 세종아동문학상, 한국출판문화상, 박홍근아동문학상 등을 받았습니다.

이상국　1976년 『심상』으로 작품 활동을 시작했습니다. 시집 『우리는 읍으로 간다』『어느 농사꾼의 별에서』『뿔을 적시며』 등을 펴냈습니다.

이성자　1992년 『아동문학평론』 신인상을 받고, 1996년 『동아일보』 신춘문예에 당선되어 작품 활동을 시작했습니다. 동시집 『너도 알 거야』『키다리가 되었다가 난쟁이가 되었다가』『입안이 근질근질』, 동화집 『내 친구 용환이삼촌』 등을 펴냈습니다. 지금은 광주교육대학교 대학원에서 학생들을 가르치고 있습니다.

이 안　1999년 『실천문학』으로 작품 활동을 시작했습니다. 시집 『목마른 우물의 날들』『치워라, 꽃!』, 동시집 『고양이와 통한 날』『고양이의 탄생』 등을 펴냈습니다. 현재 『동시마중』 편집위원이고, 동시 전문 팟캐스트인 '이안의 동시 이야기—다 같이 돌자 동시 한 바퀴'를 진행하고 있습니다.

이장근　2008년 『매일신문』 신춘문예에 시가 당선되어 작품 활동을 시작했습니다. 동시집 『바다는 왜 바다일까?』, 청소년 시집 『악어에게 물린 날』『나는 지금 꽃이다』 등을 펴냈습니다.

이정인　2009년 『오늘의 동시문학』으로 작품 활동을 시작했습니다. 동시집 『남자들의 약속』을 펴냈습니다. 푸른문학상을 받았습니다.

이준관　1971년 『서울신문』 신춘문예 동시가 당선되어 작품 활동을 시작했습니다. 동시집 『크레파스화』『씀바귀꽃』『우리나라 아이들이 좋아서』『3학년을 위한 동시』『내가 채송화꽃처럼 조그마했을 때』『쑥쑥』을 펴냈습니다.

이준섭　1977년 『월간문학』에 시조가, 1980년 『동아일보』 신춘문예 동시가 당선되어 작품 활동을 시작했습니다. 동시집 『대장간 할아버지』, 시조집 『새아침을 위해』, 수필집 『국화꽃 궁전』, 장편동화집 『잇꽃으로 핀 삼총사』 등을 펴냈습니다. 한국아동문학상, 방정환아동문학상 등을 수상하였습니다.

장동이　2010년 『동시마중』으로 작품 활동을 시작했습니다.

장영복　2004년 『아동문학평론』으로 작품 활동을 시작했고, 2010년 『부산일보』 신춘문예에 당선되었습니다. 동시집 『올 애기 예쁘지』『고양이 걸 씨』 등을 펴냈습니다.

전병호　1982년 『동아일보』 신춘문예에 동시가, 1990년 『심상』에 시가 당선되어 작품 활동을 시작했습니다. 동시집 『들꽃초등학교』 『봄으로 가는 버스』 『아, 명량대첩』 등을 펴냈습니다. 세종아동문학상, 방정환문학상, 소천아동문학상을 받았습니다. 지금은 평택 군문초등학교 교장입니다.

전원범　1972년 『광주일보』 신춘문예로 작품 활동을 시작했습니다.

정용원　1977년 『아동문학평론』으로 작품 활동을 시작했습니다. 동시집 『산새의 꿈』을 펴냈고 동화, 수필, 교육, 아동문학논문 등을 발표했습니다. 한국문학백년상, 한정동아동문학상, 현대아동문학상, 국민훈장을 받았습니다. 현재 한국동시문학회장입니다.

정형택　1985년 『월간문학』으로 작품 활동을 시작했습니다.

조기호　1984년 『광주일보』, 1990년 『조선일보』 신춘문예에 동시가 당선되어 작품 활동을 시작했습니다. 동시화집 『숨은그림찾기』, 학교동시집 『나비처럼 날아간다』 『꽃처럼 향기롭게 바람처럼 훨훨』 등을 펴냈습니다. 지금은 전남 목포연산초등학교 교장입니다.

조명제　1982년 『월간문학』과 『아동문예』 신인상을 받으며 작품 활동을 시작했습니다. 작품집 『갈숲의 노래』 『날고 싶어요』 『나비야 나비야, 너는 어디있니』 등을 펴냈습니다. 한정동아동문학상, 대한아동문학상을 받았습니다.

진복희　1968년 『시조문학』으로 작품 활동을 시작했습니다. 시조집 『불빛』, 동시조집 『햇살잔치』 『별표 아빠』 등을 펴냈습니다.

진현정　2009년 『어린이와 문학』으로 작품 활동을 시작했습니다.

차주일　시집 『냄새의 소유권』 『눈으로 보는 세계 인물 : 아웅 산 수 치』를 펴냈습니다.

최명란　『조선일보』 신춘문예에 동시가, 『문화일보』 신춘문예에 시가 당선되어 작품 활동을 시작했습니다. 동시집 『하늘天 따地』 『수박씨』 『알지 알지 다 알知』, 시집 『쓰러지는 법을 배운다』 『자명한 연애론』 『명랑생각』을 펴냈습니다. 남명문학상, 편운문학상, 천상병시상, 방정환문학상을 받았습니다.

최수진　2010년 『한국일보』 신춘문예에 동시가, 2013년 『아동문학평론』 신인 문학상에 동화가 당선되어 작품 활동을 시작했습니다. 글 그림책 『꼬마철학자 뽀글이 명아』를 펴냈습니다.

최영환　2001년 『아동문예』에 동시가, 2012년 『지필문학』에 동시조가 당선되 어 작품 활동을 시작했습니다. 동시집 『끼리끼리』를 펴냈습니다. 지금은 부안 계화초 등학교 교사입니다.

하 빈　2004년 『문학세계』에 수필이, 2011년 『아동문예』 동시가 당선되어 작 품 활동을 시작했습니다. 동시집 『수업 끝』 『진짜 수업』을 펴냈습니다. 지금은 '디자 인 현민'을 운영하고 있습니다.

하지혜　2011년 『오늘의 동시문학』 신인상을 받고, 2012년 『강원일보』 신춘문 예에 동시가 당선되어 작품 활동을 시작했습니다. 2013년 동시집 『사과나무 심부름』 을 펴냈습니다.

한상순　1999년 『자유문학』 동시 신인상을 받으며 아동문학 동시부 신인상을 받으며 작품 활동을 시작했습니다. 동시집 『예쁜 이름표 하나』 『갖고싶은 비밀번호』 『빵튀기는 속상해』 『병원에 온 비둘기』 등을 펴냈습니다. 대산창작기금, 아르코 창작 기금, 황금펜 아동문학상, 우리나라 좋은 동시문학상을 받았습니다.

한선자　2007년 푸른문학상 새로운 시인상을 받으며 작품 활동을 시작했습니다. 동시집 『벌레는 디자이너』를 펴냈습니다.

한혜영　『아동문학연구』에 동시조가, 『현대시학』과 『중앙일보』 신춘문예에 시 가, 『계몽어린이문학상』에 장편동화가 당선되어 작품 활동을 시작했습니다. 시집 『태 평양을 다리는 세탁소』 『뱀 잡는 여자』 『올랜도 간다』, 동시집 『닭장 옆 탱자나무』 『큰소리 뻥뻥』 등을 펴냈습니다.

홍희숙　2003년 『아동문예』에 동시가 당선되어 작품 활동을 시작했습니다. 동 시집 『웃는 얼굴 좋아서』를 펴냈습니다. 느티나무 독서회에서 독서토론에 참여하고 있 습니다.